도천동에서 길을 잃다

시인 장 영은 1965년 경상남도 고성에서 태어나 단국대학교 인문대학 국어국문학과를 졸업하고, 1989년 도서출판 푸른숲의 기획시집『초록으로 남하하고 단풍으로 북상하는 우리들의 꿈』에 시 '해방지구에서'를 발표하며 작품 활동을 시작하였다. 이후 한국민족문학예술인총연합(민예총) 편집실에서 근무하였으며, 1999년 첫 시집『도천동』을 발간하였다. 이 시집은 1999년에 발간한 시집의 수정 증보판이다. 장 영은 현재 우리나라 최초의 사이버 시창작동인 '시인통신' 동인으로 활발한 활동을 이어가고 있다.

장 영 시집

도천동에서 길을 잃다

초판1쇄 인쇄 | 2017년 11월 15일
초판1쇄 발행 | 2017년 11월 15일
ISBN | 978-89-6706-321-4 03180
펴낸곳 | 도서출판 그림책
주 소 | 경기도 수원시 영통구 이의동 웰빙타운로 70
전 화 | 070-4105-8439
E - mail | khbang21@naver.com
지은이 | 장 영
제작 및 편집 | 도서출판 그림책
표지디자인 | 토마토

도천동에서 길을 잃다

도천동에서 길을 잃다

自序

한때 시가 전부인 세상을 꿈꾸었다. 순진한 시절이었다.
시가 공격적인 방식으로 세상을 향해 발언해야 할 때 나는
침묵해야 했다. 내 시들은 그러기에는 많이 여리고 무뎠기
때문이다. 처음부터 시를 잘못 배운 까닭이다. 담백해야
할 때 과잉을 제어하지 못해 내 시들은 뒤틀린 모습이었고,
정작 서정을 필요로 할 때에는 그저 건조한 말의 덩어리일
뿐이었다. 창피했다. 그래도 어쩌겠는가. 이 연옥의 현실에서
내가 할 수 있는 것이라곤 이것밖에 없으니. 나이를 먹으면서
시가 어렵다는 사실을 새삼 깨닫는다. 날카롭고 적확한 시를
써야 할 필요를 절감한다. 마침 미발표시 몇 편을 더 보태
첫 시집을 손 볼 기회가 생겼다. 그래서 이 시집은 첫 시집의
수정 증보판이 되는 셈인데, 부족한 시들을 이렇게 다시
선보이는 만용에 부끄러울 따름이다.

도천동에서 길을 잃다

1부 서점에서 길을 잃다

2부 도천동

3부 들판에서

4부 조선현대사 학습

장 영 시집

도천동에서 길을 잃다

도천동 증보판

2017

·················· 1부 (2008~2000)

서점에서 길을 잃다

안부

　폐가의 문패 위로 부풀어 오르던, 죽은 이들의 세상 같은 아침이다. 오랜 방사능 비 그치고, 햇살의 알갱이를 물고 개미들이 풀숲 사이로 열지어 갔다. 오빠, 뱃속의 아기가 달아나고 없어. 이혼한 동생의 전화가 바다 건너와 밤새 빗물로 고여 있다. 죽은 것들이 묻힌 곳에 살아 있는 것들이 산 채로 또 묻힌 날, 구름의 할 일이라곤 땅거죽 같은 그늘을 벗겨 들고 무심히 언덕 넘어가는 것. 울며 산(生) 돼지들을 매립지까지 끌고 온 생채기 투성이의 길은 진창을 겉돌며 자꾸 발을 헛딛는다. 문패의 주인은 언제 이 헐벗고 아픈 집을 데리러 올까. 잔고 부족으로 실효 처리된 몇 개의 보험처럼 저승으로 이체되지 못한 생애들이 떠돈다. 행복한 떼죽음을 축하하기 위해 붉고 하얀 꽃들이 그림엽서 귀퉁이에서 자라고, 글을 읽지 못하는 아이가 웃으며 꽃말을 흔들었다. 그 오후에 동생의 착한 아들인 아버지가 보낸 편지를 받았다.

戀歌

　내가 보낸 안부가 부재 중 수신으로 쌓이고 잔뜩 흐린 금요일이 다섯 시 바깥을 떠돈다 서해에서 빠져 죽은 트라팔가의 수병들 또는 회색빛 잠에 갇힌 고양이 울음들의 그 오후 나는 절뚝이는 가로수를 데리고 걸었다 동어반복의 아름다운 동행이었다 포르말린으로 박제된 당국자의 발표가 유언비어처럼 사람들을 거리 안쪽에 붙들어 세운다 선한 사람은 죽어서 매의 날개가 된다는 진실을 책에서 찢어낸 그 오후 개나리들이 안경 속의 둥근 세상으로 행진해 들어왔다 내가 부재 중인 곳에서 애인은 우유 거품과 거짓말을 섞으며 커피를 마시고 시계^{視界} 제로의 흙탕물에 불려진 시체 같은 구름을 떠받치며 빌딩들이 용서를 구하고 있었다 은행나무가 휘청일 때마다 아슬하게 매달린 아버지의 일생에서 속죄 대신 마디진 문장들이 끊어져 내렸다 누구도 읽어 주지 않던 내 시^詩들이 메모첩 바닥에서 딱딱하게 눌어가던 그 오후

4월, 아무도 기억하지 않는

4월의 우둘투둘한 살갗에서 누런 모래 냄새가 났다 물관 휘어진 어린 해바라기의 꿈과 하늘에 닿지 못한 어머니의 통성기도가 상형 문자가 되어 화석으로 굳어가고 있었다 길 위에서 다투던 연인들처럼 바람이 나를 멱살 잡아 숲으로 끌고 들어가던 날들이었다 물기 많은 구름 몰고 새떼들이 바다 건너오던 그때 그저 4월이 하루에 한 번씩 허물 벗는 때를 기다려 나는 그 장엄한 황혼을 들여다 보곤 했다 아무도 찾아오지 않는 적막한 날들이 다시 새들을 빈 하늘로 날려 보내고 해바라기의 등에 덧댄 낡은 부목보다 빨리 혁명은 바스라졌다 때로는 나이테를 귀에 건 벌목꾼들이 전기톱을 둘러메고 산에서 걸어 나왔다 산책길에서 만난 나무들은 쓰러져 둥그렇게 태양의 노래를 부르고 그 가사를 옮겨 적던 내 안의 여자에게 받아 주지 않을 연애 걸고 싶던 4월이 가고 있었다

봄, 어떤 날의 데칼코마니

홈런 타자

야구를 좋아하므로 나는 야구장에 가지 않는다 어머니를 잘
기억했으므로 나는 어머니의 장례식에 가지 않았다 스펀지같
이 구멍 뚫린 마음이 되어 나무를 심던 날에도 내가 응원하
는 팀은 또 졌다 한때 홈런 타자였던 감독은 팀에 홈런 타자가
없어 연패를 끊지 못한다고 인터뷰했다 내가 어머니를 몇 번
씩 갈아치웠던 것처럼 내일이면 감독은 배팅 오더를 바꿀 것
이다 지난 겨울에 죽은 어머니가 나무 그늘을 덮고 쉬는 동안
TV에서 뛰쳐나온 아홉 명의 소녀들이 노래를 불렀다

봄날의 고양이를 좋아하세요?

내 기억의 주기율표 마지막 원소 기호는 고양이였다 가끔 버
스 정류장의 행선지 안내판에 내가 버린 남자들의 얼굴이 걸
려 있어도 나는 그들을 알아보지 못했다 오래 전에 죽은 아버
지나 몇 년 전에 죽은 오빠보다 고양이는 훨씬 긴 기억의 반감
기를 가졌다 학교 담벼락에 누군가 내 이름과 함께 벌거벗은
여자를 그려 놓은 날이었다 그 밤에 고양이가 아기 울음을 울
었고 나는 담벼락의 그림을 벗겨 쓴 채 고양이의 뱃속으로 들
어가 온밤내 아팠다 오늘은 또 그날의 젖멍울 같은 달이 떠오

르고 고양이가 물어다 버린 사람들의 잠이 위태롭게 지붕 위
에 걸린다

이력

사월에 눈 내리고, 빛바랜 부고장이 나를 삶 안으로 묶어둔다. 세상 밖의 집으로 아버지를 데려가기 위해 필생의 주벽(酒癖)은 필생의 힘으로 북국(北國)을 걸어 왔다. 오늘따라 언덕은 마을을 향해 자꾸 몸을 던지고, 바람은 가분수의 머리를 아카시아 밑둥에 기대며 게으른 풍경을 흔든다. 어떤 날은 농담이었다가 또 어떤 날은 환멸이었던 아버지. 빈 창고마다 빼곡하게 쟁여지던 무의 하얀 발목 같은 나날들이 매워 어머니가 눈물 훔쳤다. 사월에 눈 내리고, 부고장 밖의 내가 다면체의 빛을 낡은 창틀에 갈아 끼운다. 꼬리를 흔들며 길이 유리 위로 기어오고, 잡풀들의 무거운 실어증을 매단 들판이 구름 너머의 해에게로 날아갔다. 두릅의 새순이 처음 말(言)을 터트리며 선홍빛 손톱으로 하늘에 길을 내던 날에도 결코 국가였던 적이 없는 아버지, 나는 말소되거나 퇴거된 주소로 떠돌다 어머니가 사별한 첫 남편의 아들이 되어 다시 눈발 속으로 불려오고 있었다.

詩

　한 여자를 사랑했네 날마다 옷 벗는 거짓 고백과 불임의 나무들이 교접하는 우울한 숲과 그 속의 쏙독새 울음을 데리고 유월의 길들이 그녀에게로 가네 가서 푸른 어둠으로 부풀어 오르네 바람이 어둠 속에 풀어 놓은 자음과 모음이 댕강거리며 부딪는 밤 빈혈 앓는 초승달 안고 와 그 여자 달의 창백한 이마를 검은 물에 씻겨 주네 부서져 떠돌던 말[語]의 잔해들이 친친 그녀 휘감은 길들 위에 넌출치며 매달리고 숲의 강심江心을 부유하며 계속 어긋나는 자모字母들을 모아 열세 살의 내가 서른 살의 내게 세례를 주네 불면을 퍼올리던 쏙독새 울음이 밤새 귓바퀴에 소리의 둥근 집을 짓고 그 여자 천천히 시간의 층계를 밟아 올라와 내 심장에 불을 밝히네 그녀를 사랑해 오늘은 혼자 죽기 좋은 밤

장마

　방부제 바른 나트륨등 노란 불빛 사이로 비가 내린다 겨울
내내 공복으로 버텨 낸 가로수들이 우산도 없이 비에 젖고 있
다 사흘을 내려야만 그칠 그 빗방울들 잠든 이들의 꿈 속으
로 걸어 들어와 구름 조각을 떼어갈 때마다 세상은 조금씩 가
벼워진다 그렇게 비워진 잠의 지붕을 열고 사람들이 광장으
로 쏟아져 나오고 깊이 묻혀 있던 누군가의 슬픔이 가로수 가
지마다 여린 새순으로 돋아난다 밤 깊도록 철없이 껑중거리다
발목 꺾고 쓰러진 빗방울 떠밀며 길들이 광장 빠져 나가고 겨
울 장마 시작된다 입춘에 내린 비가 우수 건너가서 3월에 죽
는다

천장지구

기우뚱 치켜 올려진 산정山頂을 베어물고 그믐달은 허기져 울
었다
허기란 죽음의 기억을 채워 넣고 삶을 게워내는 것
거식증 앓던 그믐달이 산정山頂 아래로 햇살을 토해 놓으면
한쪽 다리 짧아 늘 뒤뚱거리던 헐거운 삶은
햇살로 만든 마지막 옷 갈아입고 천장대 위에 누웠다
평생을 야크와 함께 길 위를 떠돌며
때로는 허기마저 사치였던 생애
살아서는 이렇게 화사한 옷 입지 못했으니
그가 발 내딛을 때마다 반 뼘씩 떠올랐다 사라지던 세상도
이곳에 누워서 보면 골고루 반듯하다
실족한 영혼들이 키 작은 붓꽃으로 엉거붙은 벼랑 너머
저 부풀어오른 구름 몇 다발은 생生의 임대료인지
사십 평생을 빌려다 쓴 낡은 몸뚱이
내장과 살과 뼈를 나누고 그래도 남은 번뇌까지 빻아서
무심한 독수리들에게나 공평하게 돌려 주고
그가 뿌린 길 위의 발자국들 전부 불러모아 하늘로 간다
살아 생전 도무지 끝 보이지 않던 길 위의 삶
구름 다발 끌며 산정山頂 넘어가는 독수리

그 허허로운 눈빛 되어서야 비로소 끝을 알게 되었다

이제 가장 낮은 자들의 땅에는 눈비 오고 바람 분다

새벽부터 그를 따라와 천장대 앞에서 무릎 접고 쉬던 길도

힘겹게 벼랑의 허리 되짚어 마을로 돌아가 버린 뒤

오체투지하며 비탈을 오르던 바람의 해진 뼈가 하얀 눈발로
날리고

주인 닮아 다리 짧은 송가頌歌는 절뚝이며 하늘로 간다

그가 가는 길 배웅해 주려는지 하늘이 빨리 어두워진다

※천장天葬-티베트의 전통 장례 방식, 조장鳥葬이라고도 함

서점에서 길을 잃다

고흐의 포플러 나무들*이 햇살의 노란 캡슐을 터트리며 바람 흐르는 방향으로 머리채를 흔든다 착한 사람들이 기억의 바닥을 헤집어 오래 묵은 그림을 공중에 비끄러매는 오후 소년은 바오밥나무 밑둥처럼 빠르게 몸 불리는 슬픔 말곤 내걸수 있는 그림이 없었다 그림 대신 소년은 교복 속으로 훔쳐 넣었던 카프카 단편선을 붉은 울음 위에 걸어둔다 그렇게 슬픔은 울음을 만나 또 몸을 불리고 콩팥 앓는 풍경의 옆구리로 눅눅한 안개가 반쯤 삼투해 나온다 해 떨어지자 슬픔을 알지 못하는 국도변의 아이들**은 일몰日沒의 길을 주머니에 구겨 넣고 집으로 돌아가고 소년은 오래 전에 헤어진 애인의 소설집속을 걸어간다 집 잃은 문장들이 기약없는 기다림과 함께 객사하는 저녁 책 속을 걸어가던 소년은 게으른 염소가 되어 지나온 길을 오래도록 새김질한다 카프카를 훔치던 소년이 애인의 생生 바깥에서 사포沙布 같은 시간을 견디며 홀로 낡아간다

 * 고흐의 '포플러가 있는 거리'
 ** 카프카의 '시골길의 아이들' 제목 변용

12월

온밤내 폭설이 도시를 가둬 놓고 나는 헛바닥 푸른 불꽃으로 얼음 아래 웅크리고 있었다 자정 지나고 도시를 빠져 나와 들판 건너가다 개울에 언 발 풀며 주저앉은 히말라야시다 몇 그루 보았다 나무의 정수리마다 머리띠를 둘러주고 언덕으로 달아나던 바람의 뒤꿈치가 헐거웠다 독수리 울음을 외탁한 그 바람이 서러워 나는 시간의 투명한 뼈를 구부려 가슴에 안고 걸었다 지난 가을 호두알을 깨물다 부러진 아버지의 앞니들도 지금 어느 무덤 속에선가 흐득이는 눈의 소리를 귀에 새기고 있겠지 밤새도록 눈발이 길을 땜질하고 침묵으로도 다 덮지 못한 부서진 말[言]들만 발에 채이던 밤 고라니의 촉촉하고 달큰한 혀끝을 기다리던 눈 속의 무청처럼 노릇하게 구워진 토스트 위의 살구잼처럼 얼음의 껍질을 벗고 아궁이 속으로 들어가 유년의 숯검댕이가 되고 싶었다 사람들이 버리고 간 시린 말들이 얼음탑을 쌓던 그 밤 나는 목젖까지 차올라 꺽꺽대는 노래에 요오드팅크를 발라 주었다

그날의 정황 증거

이제는 잊혀진 일이에요 매립지에서 흘러온 퀴퀴한 쓰레기 냄새가 사루비아 붉은 꽃잎처럼 콧등에 매달리던 날이었죠 군용 담요 같은 능선에 부어오른 발목 묻은 채 구름이 하늘 끝자락을 붙잡고 필사적으로 버티던 오후였어요 사건 일지에 따르면 목격자는 없었다고 해요 흐릿하게 찍힌 현장 사진 한 장만이 그날을 증거할 뿐이었죠

흑백의 사진 가장자리엔 초경初經의 코스모스가 구경꾼 사이에서 몰래 야위어가고 있었어요 거무튀튀한 진창에 흥건하게 고인 피가 끔찍했죠 유서는 없었어요 질기고 가느다란 햇살의 끈으로 서로 손목 잇대어 묶은 게 누가 보더라도 자살이 분명하다고 일지는 적고 있었어요 갈대의 피가 푸른 색이라는 걸 사람들이 처음 알게 된 것도 그때였죠 갈대들이 매일 검고 축축한 개펄 아래 깊이 묻힌 희망을 뽑아올려 제 몸 속에서 버무려 만든 피였어요

매립지의 불도저가 어둠을 밀고와 방죽 아래로 쏟아 놓아도 사람들은 돌아갈 줄 몰랐어요 카드뮴에 중독된 거만한 청둥오리들의 날개짓 소리가 눅눅한 어둠 속에서 사람들의 귓가

에 내려앉을 뿐 한 번쯤 갈대의 여린 손목을 비틀거나 심지어
는 목을 꺾기도 했을 테지만 사람들은 그저 선량한 웃음만을
허공에 날려대고 있었어요 몇몇은 달 없는 밤 술에 취해 자전
거를 타고 가다 개펄로 굴러떨어진 정씨를 부축해 살려낸 갈
대들의 선행을 증언하기도 했어요 그러다 사람들은 갈대들이
나누어준 욕망의 분양권 한 장씩 얻은 뒤에야 돌아갔던 거였
죠 방죽 아래 갈대들의 사체를 모두 덮고 매립지 위로 도시계
획도와 마천루의 조감도가 세워진 것은 그로부터 며칠 후였어
요

 밤이슬 이마에 얹고 어린 코스모스가 혼자 울던 밤 갈대들
의 죽음은 '사건 번호 93XX-X-XXX'로 분류되었고 장례식은 없
었어요 어둠의 할 일이란 그저 꼼꼼하게 매립지를 다시 어둠
으로 매립하는 것뿐이었죠

내 귓속의 바다

등꽃 지는 밤, 열일곱의 내가 보낸 오랜 엽서를
이명耳鳴으로 받았다. 하루종일 도시가 발효시킨 욕망이
만월滿月이 되어 허공에 걸리는 시간,
시민들의 꿈은 오늘도 안녕하다. 흔들리는 버스를 내려
광장 지나 공원 벤치에 누워 본다.
먼지 더께 쌓인 세월의 무게가
이리도 가벼운 것은 퍽 놀라운 일이다.
태풍은 아직 필리핀 해를 건너기 전,
귓속에서 바다가 수런거리며 걸어나왔다.

밀물은 언제나 어둠보다 먼저 왔다.
바다에 점령당한 광장과 오른쪽 6차선 도로 사이,
낮에 붕어빵을 팔던 손수레가 주차금지 입간판을 거느린 채
어둠 속에 정박해 있다. 골목을 급히 빠져 나온 바람이
밀밭칼국수 닫힌 문을 슬쩍 밀치고 도망가고
후욱, 등꽃 향기에 코를 찔려 문득 하늘을 올려다 보면
몸집 불린 덩치 큰 구름들이 서로 싸우다 피흘리는 중이다.
광장 가로수 둘레로 누군가 쳐 놓은 어둠의 그물,
썰물 때 미처 빠져 나가지 못한 달빛 몇 가닥이

공복 끝의 허기처럼 매달려 있다. 비늘을 퍼득이고 있다.
교회 십자가 위로 툭 떨어져 내린 구름의 살점들이
발갛게 익는 밤.

 그렇지만 네가 담배를 끊었으면 좋겠다.
 집 나간 어머니는 발신지 없이 보내온 편지의 마지막 문장을
항상 그렇게 적었다. 그 여름, 골다공중 걸린 낡은 집은 폭풍
이 올 때마다 한 뼘씩 바다 쪽으로 기울고, 나는 어머니의 편
지를 돌담 아래 묻었다. 밤이면 관절 꺾인 낡은 기둥이 허연
연골을 드러낸 채 울고, 부싯돌처럼 치직거리던 라디오의 잡음
이 하늘로 올라가 별이 되던 새벽, 돌담과 키를 맞추러 수평선
이 해안을 걸어 올라오곤 했다. 아침이 되자 수평선을 돌려 보
내며 나는 아버지의 부고장을 준비했지만 아버지의 일상은 언
제나 왕성했다. 대신 가끔 돌담을 허물거나 양철 지붕을 떼어
들고 읍내로 달아나던 폭풍이 한나절도 안 돼 숨 끊어진 흉물
스러운 몸뚱이를 장사지내러 바다로 돌아오곤 했다. 그 여름,
바람의 공소 시효는 기껏해야 이틀이었다. 폭풍에 시달리던
갈대들이 마침내 파리한 어깨 겯고 뿌리 드러낸 채 동반 자살
한 날 방죽에 기대어 앉아 나는 답장을 썼다.

공부가 지겨워요. 난 술도 마시죠.

다시 밀물이 들고 달이 제 그림자 뜯어
바다 위로 던지며 몸을 비워낸다. 이미 탕진해 버려
바닥난 희망을 새로 희망을 가불해 메꾸던 시절,
바다로 내려가기 위해 달이 얼마나 오래도록
자신을 칼날로 벼려야 했는지 모르면서, 달처럼 투신하고 싶
다,
일기장에 적곤 했다. 내가 마구 탕진해 버린 희망에 대한 청
구서가
이명^{耳鳴}으로 배달돼 온, 등꽃 지는 밤

갑자기 등꽃 아릿한 향기가 기도처럼 쌓인다.

안데르센의 집으로 오세요

　폭우가 퍼붓는다. 거리의 사람들이 느닷없이 지워지고 빗방울은 낮게 패인 웅덩이로 고여든다. 오늘도 오빠의 잠은 안녕할까. 세 살배기 조카의 아장거리는 자장가가 오빠의 오랜 뇌졸중을 흔든다. 여름숲이 버리고 간 사생아 나무들은 갈림길에서 바람의 방향을 묻고 또 남자의 주먹질이 시작된다. 젊어서 죽기에 스물일곱은 너무 많은 나이, 주먹질이 계속되는 동안 단단한 잠 속으로 동그랗게 몸을 말아 넣은 채 여자는 스물일곱에 죽은 첫 남자를 생각한다. 거무튀튀한 바람은 아무렇게나 덩이져 창에 부딪고 분노라는 부력을 가진 기억은 재크의 콩나무'를 타고 올라가 하늘의 번개와 만난다. 비가 내리지 않아도 자주 하수구로 쓸려가던 아빠. 퍼다 버리지 못한 생이 어둑하게 고여 있던 지하 단칸방에서도 여자의 아홉 살은 올챙이보다 즐거웠다. 벽에 귀를 대면 주정꾼 아빠 하나 잡아먹고 볼록해진 배 뒤집으며 하수구가 마술피리 같은 수챗구멍을 열고 노래를 불러 주었다. 죽은 아빠의 노래마저 그리운 칸나꽃이었다. 신문 배달 나간 오빠를 기다리며 그림일기에 아빠의 검고 축축한 잠을 그려 넣던 날이면 굴뚝청소부"가 밤 늦도록 여자와 놀아 주곤 했다. 오늘은 식당일을 안 나가도 돼. 길가의 나무들에게 몸 열어 주고 싶던 여자는 남자의 주먹질이 잦아질 때까지 아귀 맞지 않는 조카의 옹알거림처럼 제대로 닫히지 않는 오빠의 생을 생각하고 있었다. 하늘에 거꾸로 매달린 여자의 옥탑방이 빗발 속으로 떠간다.

*잉글랜드 구전동화
**안데르센 동화 〈양치기 소녀와 굴뚝청소부〉

밤, 이팝나무가 있는 풍경

1

고양이가 물어다 버린 아이들의 잠이 오로라처럼 빛나는 늦은 황사의 밤, 이팝나무 하얀 꽃잎들이 스스로를 흔들고 있다. 차오르는 울음 몰래 삼키고 있다. 그래, 지금은 울지 마. 때로는 울음이 번개보다 뜨거울 수 있거든. 노랗게 신열 앓는 봄밤을 홀로 먹여 살렸으므로 이제 그녀들은 얇은 입술 바람에 던지며 사라지고 있는 중이지. 목숨 비우고 있는 중이지. 갑자기 우묵한 시간의 요철凹凸이 덜컹이며 바퀴를 굴리기 시작한다.

2

쉬잇, 잠을 도둑맞은 아이들의 꿈이 들판을 쏘다니다 느낌표로 서 있는 자정子正, 한때 나는 들개의 아들이었으니, 6월이 다 가도록, 갈색 갈기 세운 들개처럼 쭈뼛쭈뼛 들판 밖을 떠도는 여름이, 이 밤이, 서럽지 않다. 오늘도 아기 하나 갖고 싶어 아내는 철 이른 달맞이꽃과 몸 섞으러 밤마실 간다. 보라, 아내여. 흔들리는 것이 세상만은 아닐지니. 그럼에도 언제나 놀라운 건 들판을 가득 써 내려가는 강아지풀 한 뼘 생애의 내력들, 그 생애의 찬란한 방언들이지.

3

마을 어귀까지 아내를 마중나온 숲이 푸른 어둠을 끌며 산으로 함께 걸어 들어가는 동안, 나는 하루종일 나를 업고 다녀 납작해진 그림자 벗어 담장 위에 건다. 부동 자세로 어둠에 묶여 있던 별빛은 바늘이 되어 쏟아지고, 잘못 떨어진 이팝나무 꽃잎 하나 텅 빈 내 그림자 위에 얹힌다. 문득, 꽃잎 하나의 무게가 우주만큼이나 무겁다. 내 심장을 빠져나간 피들이, 지붕에 거꾸로 매달린 아이들의 잠과, 휘파람새 둥지 튼 봉긋한 무덤과, 누런 모래 외투 껴입은 구름 들을, 잊혀지지 않는 이 모든 풍경을 만든다. 아무리 버튼 눌러도 결코 출력되지 않는 기억들.

4

이 밤, 6월이 다 가도록, 갈기 세운 채 들판을 떠돌던 내 아비처럼 출입을 거부당한 여름은, 강에서도 들에서도 쉬지 못하지. 세 번 고개 저어 부정하고, 사흘 밤낮 강물로 혈관을 채워넣어도 씻어낼 수 없었네, 이 들개의 피. 오늘도 밤마실 가는 아내여, 나는 본다. 온밤내 기다려 마침내 달 뜨고, 오래 전 나를 죽인 아기가 내 무덤의 이끼를 열고 걸어 나오는 것을, 아기

의 손에 들려 있던 칼날 같은 그믐달을. 이 밤, 몸뚱이를 내려
놓고도 쉬지 못하는 내 그림자는.

················ 2부 (1999~1994)

도천동

말복

1

밀 이삭이 패자 깜부기가 더욱 심해졌다 낮술에 취해 차부 옆 시궁창에 쓰러져 있던 아버지는 자주 친구들의 등에 업혀 오고 상리에서 불어오는 바람 속에는 아카시아 향훈보다 고운 시궁내나 잘 빚은 막걸리 냄새가 났다 그 여름 감꽃이 질 때마다 형님은 감나무 그늘 평상에 누워 게으른 황소처럼 오래도록 감꽃을 씹었다 늘 점심 무렵이면 형님의 살가죽은 누룩누룩 부풀어오르고 배꼽에서는 하얀 감꽃이 피어났다 그런 날 어머니와 나는 해질녘까지 깜부기를 뽑았다

2

보름 동안이나 장마가 계속되고 있었다 성령이 역사하는 상리 개척교회 십자가가 울고 있었다 밭둑으로 고개를 꺾은 채 비를 맞던 밀대처럼 울면서 기도하고 있었다 형님이 이번 여름을 넘길 수 있을까요 나는 쓰러진 밀대들을 일으켜 세우며 어머니에게 물었다 아직 뽑지 못한 깜부기가 많구나 어머니는 갈퀴가 진 손으로 빗물이 뚝뚝 듣는 머리카락을 쓸어올리며 말했다 형님은 병원으로 가야 해요 그러나 어머니는 말없이 깜부기만 뽑았다 그 여름 밀 농사는 흉작이었다 방학이 될

때까지 7월 내내 나는 학교에 가지 않았고 대신 아버지는 교회로 갔다 형님의 몸집은 커다란 밀빵처럼 부풀어올라 장마에도 아름다웠다

  3

  밀농사가 끝나도 농협 빚은 밭더미 곁의 두엄처럼 그대로 남았다 이제 감꽃은 더 이상 지지 않았고 형님의 배꼽에서도 감꽃은 피어나지 않았다 아버지가 구겨서 버린 독촉장이 퇴비와 함께 썩던 그 해 가을 달이 곱게 떠 오르면 형님은 평상에 앉아 먼산바라기를 했다 바람이 차다 그만 들온나 저녁 예배에서 돌아온 아버지가 바지를 갈아 입으며 말했다 웬걸요 여기선 북망이 가까이 보이는 걸요 우엉우엉 늑골을 울려나오는 목소리로 형님이 대답했다 벌써 어머니는 한 달째 야근이었다 읍내 통조림 공장에서 마을 사람들이 다 돌아오고서도 두어 시간이 지나서야 어머니는 노오란 달덩이를 통조림에 재워서 밭둑길을 걸어오곤 했다 그런 밤이면 나는 형님을 뜯어먹는 꿈을 꾸었다

당신의 이기주의
-영등포역에서

당신의 이기주의를 만나러 모처럼 나의 이기주의는 동굴 밖으로 외출을 감행한다 하느님이 공중에 걸어 놓은 자명종인 달이 이산에서 저산으로 흐린 기억을 끌고 느릿느릿 건너가는 동안 당신의 지독한 이기주의를 위해 나의 웃자란 새끼 손톱은 투명하게 매니큐어로 칠해지고 서른몇 해 서럽도록 나를 키운 내 머리카락은 노랗게 물들여진다 내 서툰 보행에는 수의壽衣처럼 검은 외투가 둘러입혀지고 하느님의 자명종은 저녁 여덟 시 아직 한강을 건너기 전이다

죽음을 향해 가지 않는 모든 걸음은 힘겹다 조금씩 죽음을 의식하면서 나는 경쾌하게 걸어간다 걸어가면서 나를 이 세상으로 밀어낸 내 어머니의 자궁과, 내가 지금 가진 자궁과, 이 세상의 모든 자궁들을 생각한다 그러자 당신이 내 튼튼한 자궁 속에 심어 놓은 만삭의 아이가 갑자기 헐떡거리고 아비를 증오하는 나와, 한사코 아비 되기를 거부하는 나의 이기주의가 입을 맞춘다 나의 이기주의를 위해서라면 손톱만큼의 노력조차 않으리라 약속하는 당신의 이기주의를 위해 내 자궁 속의 아이는 무럭무럭 자란다

시간은 기억의 종착역, 막차를 기다리던 마지막 한 명까지 모두 빠져 나간 텅 빈 대합실에 홀로 앉아 늙은 아버지의 수의 壽衣를 깁고 있는 당신을 만난다 검은 수의壽衣에 영겁 회귀의 시간을 수놓는 당신의 무릎에는 백석 전집이 놓여 있다 당신은 '나와 나타샤와 흰당나귀'를 읽어 준다 나의 이기주의는 내게 누군가는 백석을 되풀이해 먹고 또 누군가는 그 누군가를 되풀이해 먹었다고 말하게 만든다 순간 다시 자궁이 아파 오고 성년이 된 당신의 아이는 나의 자궁을 찢고 뛰쳐 나온다 하느님의 자명종이 영등포역 지붕에서 잠시 쉬어가는 새벽 나는 아직도 당신의 이기주의를 위해 죽을 준비가 안 되었다

이제 다시는 고향에 가지 못하리

　그 해 11월 모든 것이 끝났다. 세인트힐 성당의 스테인드 글라스처럼 오만하고 경건하던 너. 너와 헤어지고 93년식 재규어를 몰고 리버웨스트 6번 고속도로를 150 마일의 속도로 질주하곤 했다. 노던햄의 이층집과 14만 달러의 수표를 위해 내가 버린 모국어. 그래도 내 안에 고여 있던 너를 버릴 수 없었다. 너보다 더 큰, 내 안의 너 때문에 새벽 세 시면 어김없이 나를 멱살 잡아 일으키던 숙취, 네게 쓰려다 몇 번이나 찢어버린 편지. 강이 꺾어들던 곳에서 차를 멈추고 오크나무 숲을 가로질러 마을로 들어섰을 때 문득 내 이마에 와 닿던 인디언 소녀의 따스한 입술을 기억한다. 또 희부윰한 미명 속에 동그마니 엎디어 자신을 위해 기도하던 너를 기억한다. 너의 계산된 고백과 싸늘한 기도. 사제복을 입은 장엄한 어둠이 세인트힐 성당 언덕을 걸어 내려오던 그 11월, 네게 전화를 걸면 자주 통화불능 상태가 되곤 했다. 리버웨스트 하이웨이를 전속력으로 내달아 아무 곳에서나 차를 멈추고 울먹이며 붉은 대지에 입맞추면 질주 기관차처럼 척수를 타고 올라와 마지막 힘으로 내 뺨을 갈기던 빈혈의 모국어. 이제 다시는 고향에 가지 못하리. 갈 수 없으리. 내 안에서 네가 머물던 마지막 가을은 그렇게 끝나가고 있었다.

도천동

 탱자나무 울타리를 돌아서면 곧장 바다였다 세 살 때 뇌막염을 앓던 동생이 빠져 죽은 그 바다, 스무 해 전처럼 누더기 기운 오후의 햇살을 덮어쓰고 바다는 혼자 뒤채고 있었다

 바다가 바라다 보이는 횟집에 앉아 술을 마셨다 홀로 마시는 소주에 해는 빨리 떨어지고 저녁이 되자 소매 걷어붙인 바람이 섬에서 건너왔다 바람이 어루만지는 바다의 갈비뼈에서는 풍금 소리가 났고 죽어가는 것들에게서는 오래 묵은 노래 소리가 들려왔다

 내가 알던 사람들은 아무도 없었다 바다와 접한 여관에 짐을 풀고 나는 삼류 소설의 통속적인 주인공 이름을 숙박계에 써 넣었다 늘 삼류 소설이나 삼류 영화처럼 유치하기만 했던 삶은 20년 만의 귀향에서도 여전히 통속적이었다 그 밤 나는 쉽게 잠들 수 없었다

 가로등 노오란 불빛이 반투명의 창 너머로 애인의 낡은 원피스 자락처럼 일렁이고 있었다 반신불수의 바다는 몇 안 남은 갈비뼈를 뜯어내며 밤새도록 앓고 희뿌연 잠의 언저리를 헤매

며 나는 내가 사랑할 수 없었던 아버지와 내가 사랑하지 않았던 어머니와 누이들, 동생과 이웃들을 뒤로 한 채 이 동네를 떠나고 있었다 오랜 천식을 멈추고 바다가 내게 손을 내밀어 악수를 청했다 헤어진 애인의 편지만큼이나 무덤덤한 악수였다

탱자나무 울타리를 돌아서면 바다였다 내가 도천동에 갔을 때 탱자나무 울타리는 어느샌가 사라지고 압핀으로 가장자리를 둘러박힌 채 스무 해 전의 바다만이 혼자 뒤채고 있었다 도천동에서는 모든 죽어가는 것들에게서 메마른 풍금 소리가 들려왔고 나는 아무것도 그립지 않았다

立秋

어둠 속에서 울고 있는 나를 보았다. 철근으로 지은 그리움의 벙커 속에 웅크리고 앉아 나는 작은 짐승처럼 울었다. 동그랗게 웅크린 내 어깨 위로 별들이 맑은 소리를 내며 부서져 내리고 있었다. 별들의 시체를 모아 햇살에게 넘겨주며 나는 여름을 버텼고, 그러는 동안 현상 수배자 전단처럼 반쯤 찢긴 남루한 모습으로 여름은 8월의 중간에 내걸렸다. 8월이 시작되기도 전 그 남루 한가운데를 가로질러 선전 포고처럼 갑자기 그대가 왔고, 그리고 8월이 채 끝나기도 전 그대는 폐허만 남기고 가 버렸다. 그대가 가 버린 뒤 통제되지 않는 그리움만 껴안고 통제 구역 밖을 서성거리며 나는 내내 열병을 앓았다. 그대가 보이지 않는 어둠 속에서도 체온은 언제나 40도 가까이 들끓었고, 그렇게 그리움의 8부 능선稜線 근처에서 내가 열병을 앓는 사이 몰래 계엄령이 내렸다. 계엄령 내린 계절의 끝에서 낮은 매복으로 웅크리고 울고 있을 때 기다리던 엽서 한 통 부쳐져 오고, 마침내 사랑 하나가 끝났다. 온몸이 허물고 새살이 돋았다. 다시 별들이 부서져 내리고 있었다. 가을이었다.

바보 노래, 그 못다부른 연가를 위하여

1. 발성법

도무지 가능하지 않았다 그녀가 가르쳐준 노래는 머리카락이 뱀처럼 뒤엉킨 서양사람 누구의 것이었다 지방대학 음대를 우수한 성적으로 졸업하고 이름 생소한 사립 중학교를 5개월째 출근하고 있는 그녀에게야 그가 퍽 오래전부터 우상이었겠지만 내게는 성냥 한 개비의 효용가치도 없었던 것을 피아노를 기가 막히게 잘 치는 그녀에게 가능한 것은 모두 내게는 가능하지 않았고 그리고 내게 가능한 것 역시 그녀에게는 가능하지 않았다 애초부터 발성법이 서로 어긋나 있었던 까닭이라고 그녀가 말했다 그녀가 나를 포기하는 것이 내가 그녀를 포기하는 것보다는 훨씬 쉬운 발성연습이었다

2. 감꽃

그녀가 가버린 뒤 흐린 별빛에 얼굴 씻으러 마당으로 나섰다가 정작 아무것도 씻지 못하고 그만 퍼질러 앉아 밤 새워 노래를 부르게 되었다 처음엔 나의 것이었던 노래가 오히려 나의 것이 아닌 미지의 창살이 되어 나를 가두고 거역할 수 없었던 말씀의 족쇄처럼 밤안개 속에서 무겁게 빛났다 그다지 아름답지도 못한 노래의 창살에 갇혀 나는 무성한 낙화처럼 하얀 눈

물을 흘렸다 사랑도 아름다움도 그 무엇도 아닌 것이 제 부피
만큼의 많은 눈물을 간직하고 있다는 것을 그 밤 이후에 알게
되었다 감꽃이 뚝뚝 지고 있었다

3. 확신

탱자나무 울타리를 꺾어 돌아 자전거가 다 지나가는 동안
그리고 바람이 탱자나무 그 숱한 가시에 찔려 맑은 피 다 쏟
아 놓고 숨져가는 동안 탱자꽃은 이미 두 번을 온전히 피었다
간 졌다 한 번씩 탱자꽃이 질 때마다 바람 숨겨간 정원에는 탱
자 열매가 노오란 놀라움처럼 맺히고 그 놀라움의 끝에서 형
님은 두 번째 실연을 경험했다 형님 대신 울타리 밑을 헤쳐 바
람의 꺾여진 노래들을 묻어주며 문득 나는 언젠가 형님의 책
에서 훔쳐 읽었던 이야기 한 토막을 기억해냈다 중국 어디에
선가 귤나무가 무슨무슨 강을 건넜더니 어찌어찌 탱자나무로
변하고 말았더란 그 시덥잖은 이야기 한 토막을 그 때부터이
다 내가 흔들리지 않는 하나의 확신을 갖게 된 것은 귤나무건
탱자나무건 색깔 같고 모양 비슷한 열매를 맺는 나무들은 모
조리 그 뿌리부터가 한 통속이라는

사량도

1. 참회록
해묵은 목숨 버리지 못하는 나는 나를 어찌하면 좋으냐
내가 버렸던 사람들의 목숨을 모아 오늘도 바다 끝까지 나가
보았다
이름 지워진 문패 하나 내건 바다 건너의 바다는
쓸쓸히 손바닥 뒤집기를 하고
홀로 그 박수소리 피해 돌아와 지쳐 쓰러지던 뱃길이여
이제 그만 나를 풀어다오 우리 다시 만날 때까지

2. 사랑가
타올라도 숯이 되지 못하는 그리움으로 살았다
그 그리움 뒤 흘러도 끝내 물결이 되지 못하는 사랑으로 남
았다
바위 같은 그리움과 모래알 같은 사랑으로 버티며
날마다 구르고 부서졌다
그러나 바다와 맞댄 내 살갗 떼어들고 떠난 사람들
한 번 떠나면 다시는 오지 않고
부서진 가슴 속으로 언제나 모진 바람만 불었다
그렇게 그 바람에 기대어 오늘은 기어코 큰눈 내릴 듯

3. 파도조

저 반도가 대륙으로부터 떨어져 나갈 듯 요란한 날에도 언제나

'파' 음으로 부서졌다가

'도' 음으로 다시 모이는 일, 모여서 일어서는 일

그 일 하나만으로

이 바다 지금까지 지켜왔다 끄떡없이 지켜왔다

세상 사람들아

*사량도는 경상남도 통영시에 소재한 섬 이름이다

내 속의 눈보라

새해 어두운 하늘을 덮어 눈이 나려요
사라지고 있어요, 저 산 빈 숲
사라지고 있어요, 빈 대 같은 그 나무들
사라지고 있어요, 먼 길 여읜 사람들
보이는 듯 보이지 않는 듯
사라진 산과 숲과 나무와 길과 사람들이
어느새 모두 내게로 옮겨 왔어요
아아, 보세요 눈보라의 저 힘
무너진 산맥이랑 들판이랑
어허 영치기 영차 아우성 소리까지
눈보라가 함께 떼메고 왔잖아요
내게로 와서도 잠들지 못하는 눈보라가
왼종일 핏줄을 타고 달리고 있잖아요

유년수첩
-종이접기

깊은 밤에도 한사코 깨어 있는 나의 풍경
그 곁에는 늘 곱게 빗질한 기억의 강江이 흐른다
결 맑은 바람의 속살에 얼굴 씻으며
시간의 계단을 밟고 내려가 강안江岸에 서면
어린 시절 쾅쾅 두들긴 못질로 묶어두었던
산과 들판이 가벼운 흔들림으로 깨어나고
그 흔들림 속, 종이학을 탄 아이들은
투명한 노래와 함께 부드럽게 물결쳐 나온다
노래의 푸른 마디를 머금고 날아간 종이학은
풍경의 가지 끝에서 한 부리씩의 어둠을 뜯어
아무도 엿보지 못할 마지막 완성의 둥지를 트고
종이학을 날려보낸 후
부서지는 달빛을 따라 흘러 아이들이 닿은 밤바다
밤바다에는 어린 시절 부질없는 종이접기로 버린
새떼들이 때이른 새벽 비상으로 강구江口를 날아오르고
작고 가벼운 어깨를 빛내며
은빛 물결 속으로 자맥질하는 기억의 아이들
아이들이 부르는 둥근 노래는 밤바다 위를 떠돈다
지나온 풀섶마다 시간의 무게로 휘어지는 밤이슬 꿰어

차갑게 드리운 응시의 눈동자는 정직하고
그 정직함으로 갑자기 눈뜨는 유년幼年의 한때
불면의 길게 자란 갈대밭 그 모퉁이로 웅크리고 앉은
내 선연한 포착은 보았다
새들의 부리에서 흘러나온 지저귐이
어둠 속 깨어나는 미명未明을 쪼아
낮은 지붕의 집을 다듬고
바람 도사린 골목의 마을을 다듬고
탄생의 그리운 얼굴들까지도 다듬어
드디어 버려진 유년幼年의 풍경을 이루는 것을
그 쓸쓸한 내 유년幼年의 뒷모습

4월의 끝

너는 왜 피어서 내 살갗 허무는가
소문 없이 피었으면 그만인 게지
피었다 몰래 져 버리면 그만인 게지

네가 뚝뚝 져 버린 날
파상풍 앓는 봄 풍경 속으로
너를 묻으려 모래 바람이 바다 건너 온다

그 바람 거두어 뼛속까지 앓는 봄밤
밤 깊어 시간의 푸른 휘장 들추고
너를 맞이하러 나가지만 너는 오지 않고,
끝내 오지 않고, 자정 근처
오지 않는 너를 기다려
나는 무덤이 된다

둥근 무덤이 되어 하늘 닿으면
내 귓바퀴 열고 네가 걸어 들어온다
땅이 울리도록 목숨 버리고 와서
너는 내 옆에 눕는다

온밤내
네 목소리 따라
혈관 속을 돌아다니던
흰 피톨들이 실핏줄 여린 문을 열고 나와
지상에 고인다 고여서 썩는다

밤마다 내게로 와 무덤이 되는 목련
그 낙화

누이를 위하여 1

형님을 따라 새벽투망을 나갔다 미친 바람의 해진 옷자락을 붙들어 포구 그 끝에 서면 이루지 못할 사랑에 목을 놓고 울던 갈대들의 긴 목숨이 보였다 버림당하면 언제라도 버려질 수 있는 목숨이었다 신장염을 앓아 꼬박 2년을 운신 못 하다 돌아간 누이처럼 제 목숨 풀어 바다에 던진 갈대들을 헤치고 섬마다 닿지 않을 줄 풀어 그물을 던졌다 더 이상 쓸모 없어 버려진 수문 근처에서 우리가 소주를 나눠 마시는 동안 간밤을 쉬지 않고 헤엄쳐 원양 지나 적도까지 닿았던 회귀성의 은빛 고기떼들 어둠을 거슬러 돌아와 어느새 모진 가난의 땅 우리 삶의 기슭까지 이르고 있었다 누이가 겨우 스물한 살을 살다 갔어도 그건 그다지 서러운 일이 될 수 없는 적도의 더욱 가난한 나라의 소식을 옮겨주며 고기떼들은 서러움이란 애통함이란 살아서 남은 자들의 몫이라고 말해 주었다 고기떼들이 물어다 버린 아프리카 토속 억양의 어설픈 언어들만이 툭툭 불거진 채 그물에 걸려들고 있었다

누이를 위하여 2

이것저것 생각할수록 부질없었다 가슴 속 오래 썩인 그리움을 말갛게 씻어 간직한다는 것 버림받은 세상에 버림받은 채 살아 남기 위해 보고 싶은 이름들과 만지고 싶은 모습들 가까스로 되살려 힘겨운 바람의 날음挬音으로 연습해본다는 것 우리 산다는 것 어차피 한 줌 타버린 불꽃으로 속절없이 부질없다 다시 살리지 못할 그 사랑 바다 위에 흩뿌리며 하염없이 부끄러우면 지상에는 별빛 하나 찾을 수 없는 어둠 하얗게 꺼져버린 체온을 부둥켜 안고 우리는 더 많은 양의 술을 마시고 쓰러져 잠들었다 쓰러져 잠들어서도 넝마처럼 취해야만 또렷이 맑아진다는 형님의 정신은 그 해 겨울의 꿈 속 몇 날 밤의 불빛 스머든 털스웨터를 누이에게서 얻어입고 배를 저어 바다 향해 홀홀 떠나가고 나는 그물 챙겨들고 홀로 문을 나섰다 매번 흔들리는 사랑에 목숨 거는 갈대들의 긴 목소리 발섶마다 요란할 때 홀로 나선 어깨엔 그 새벽의 어둠과 싸늘히 식어버린 체온이 함께 매달려오고 다져 넣어도 밑빠진 가슴 속 채워지지 않던 누이의 부질없는 사랑을 노래하며

들판에서

만남을 위하여

어둠 속에서는 그대를 허락할 수 없었다 세월과 함께 키워올린 무성한 적의를 내 안에서 용서하기 위해 날마다 무수히 새로워지는 사랑 그 배반의 십자가를 지켜앉아 목을 놓으면 이 어둠은 어디에서부터 흘러와 또 어디로 부딪쳐 가는지

해 지고 달 오른 밤에는 몰래 나서보았다 하늘은 세상을 품고 잠들고 길가마다에는 내성內省의 참담한 기도로 허리 꺾여 넘어지던 가을풀꽃 빛과 말씀의 소금 기둥으로 싸늘히 살아날 때 다시는 꽃 피우지 못하리라던 무화과나무의 예언처럼 우리는 보이지 않게 조금씩 절망하는 법과 또 조금씩 살아오르는 법을 배웠다

그러나 우리 지나온 흔적 어디에서부터 어디까지일까 말씀의 무게로 환산되어 길 밝혀주던 우리 만남도 사랑도 부질없다는 망설임으로 스스로를 채찍하며 근거 없이 논리만 무성했던 결별의 언덕을 오르다 뒤늦은 기약의 밧줄로 우리가 우리를 동여맬 때 이 어둠은 어디서부터 흘러와 또 어디로 부딪쳐 가는지 아직도 나는 나를 얼마나 더 용서해야 하는지

그러나 모진 가슴을 패여 흐르는 것이 사랑이라면 우리들
사랑 서로의 가슴을 흐르다 강물처럼 깊어졌음을 안다 패이
고 깎여 그렇게 강물처럼 깊어졌음을 안다

달맞이꽃

아직까지도 이르지 못한 것일까 왼종일 구르고 부서지면서 어둠과 살 섞고 목숨 뜯어 마구 버릴 때 가슴 속엔 언제나 고향 솔밭을 지나던 그 바람 소리뿐 우리 다시 만나리 다시 만날 수 있으리 그렇게 다짐 깎는 그리움으로 버티며 공장 담벽 아래 산성의 땅 위로 무성히 키워 올린 삶의 적의를 묻고 돌아설 때 완강히 굳어버린 등판만을 보인 채 싸늘히 돌아서던 세상 그 거부 앞에서 우리 가슴 어찌할 수 없었던 분노로 더욱 닫혀졌다 쉽게 가질 수 없어 아쉬운 사랑 쉽게 만날 수 없어 빛나는 해후처럼 세상의 낮은 바다을 헤매다 바람 비껴가는 언덕에서 우리 다시 등 기대는 날 서로에게 나누어줄 한 마디의 안부를 아껴 우리는 가슴마다 온통 늪을 만들고 그 끝을 저어가 마침내 오래 키워 올린 삶의 적의를 달맞이꽃 화사한 개화^{開花} 아래 묻었다 아무에게도 열어 주지 않으리라던 빗장 걸린 가슴을 그 무수한 내성^{內省}의 층계를 밟아내려가 손바닥 마주 울던 참담한 기구^{祈求}의 목소리 꺽꺽 다져 넣으며 달빛에 발목 꺾여 넘어지고 다시 일어설 때 천 근의 무게로 닫혀지던 눈꺼풀 그래도 네 곱게 누운 속눈썹 얇은 근심 하나 다치진 못했다 부끄럽던 젊음에 부끄럽지 않게 살아남기 위해 아직도 우리는 많이 단련되어져야 함을 알았다

들판에서

　누가 버린 울음일까 언젠가는 불 밝혀질 저 어둠의 나라 벌거벗은 바람과 어깨 걸고 그 먼나라로 가다 보면 어느새 버림받은 울음에 발목 잡혀 넘어지고 그대 처연한 눈빛은 떠올라 돌아보고 또 돌아보고 할 때 그대는 흔적도 없고 붉게 하혈하던 노을만 저문강을 따라 한없이 흘러가더라 차마 그래도 버려두지 못하여 그대의 푸른 눈물 한 줄기 쥐고 강 지나 어둠 젖은 들판까지 이르렀을 때 수수깡 마른 대궁에 쉬고 있겠노라던 바람마저 어디론가 떠나버리고 애꿎은 그 울음 타박하여 끝내 나도 울고 말았더라 강은 강으로 숲은 숲으로 떠날 것들 모두 떠나버린 이 척박한 땅 꺾이지 않고 속 깊이 뿌리내린 수수깡 단단한 흔들림이 사랑이라면 바람에 시달리면서도 어둠 부여잡은 채 뼈마디 곧추서던 엉겅퀴 여윈 휘어짐이 사랑이라면 그 당당한 거부 배우기 위해 그대 울음 버리고 홀로 설 수도 있겠더라 우리 가고 가야 할 길 저 어둠 속으로 풀려나 도무지 끝 보이지 않을 때

강

강은 제각기 흘러도 언제나 세상 낮은 희망 속으로 굳게 어깨 걸며 모여든다 살아 단 한 번의 빛나는 기쁨도 간직하지 못했던 사람들 그 서러운 생애의 이야기들만 모두 데리고 흘러 강은 마침내 무엇이 되려 하는가 세상 낮은 곳 그곳마다 모이고 쌓여 가장 깊은 바다가 되기도 하고 가장 높은 산이 되기도 하는 강은 이 땅 어디에나 유유한데 세상 속으로 강 되어 흐르지 못하는 우리는 무엇인가 모래알보다도 더욱 많은 사람과 사람들 그 만남 사이로 스며 흐르지 못하는 우리는 과연 무엇인가

바람의 팻말

경부선 상행 열차가 달려간다
상행선이 끌고 온 들판은 평택 부근에서 버려지고
바람은 피를 흘리며 산으로 달아난다
살가죽을 드러낸 채 앓고 있는 저문 들판 한가운데
길은 길을 잃고 저 혼자 헤매이고
어둠 몇 장 걸친 산 위로 빈 하늘이 몸져 눕는다
사람의 마을을 서행徐行하던
강물이 산 앞에서 멈칫거리는 동안
자정을 가로질러 새벽 열차가 달려간다
갑자기 어둠이 쓰러진다
산을 걸어 내려와 바람은
들풀에게 발목 붙잡혀 다시 피를 쏟고
세상을 끌고 돌아온 강물은
밤새도록 마을 어귀를 배회한다

길이 끝나는 곳에서 만나게 되는 팻말 하나
…… 아직은 햇살없음

장마 이후

지난 여름 장마 시작되고 큰물 졌을 때 축대 무너지고 그나마 위태로웠던 식솔들의 경제는 완전히 기울었다 아버지는 군청 건설과 임시촉탁직을 실직하고 형님은 두 시간 반 걸리는 도시로 떠났다

철들어 대부분을 밖으로만 떠돌다 신장염으로 간신히 돌아온 형님이 반 년 만에 산업예비군이 되어 다시 떠나는 날 산다는 게 다 무엇이냐 가난이란 또 무엇이냐 어머니는 가슴 박힌 못 맺힌 한으로 대청마루 쓰러져 못 간다 가면 아니된다 울부짖고 형님과 끔찍이도 정들었던 수캐 누렁이만 우와우와 허망한 기약을 할퀴며 길길이 날뛰었다

그러나 그뿐 누렁이를 15만원의 돈 바꾸고 둘러 앉았던 마지막 술추렴 끝낸 뒤 빈 주먹 움켜쥔 채 떠나는 형님의 등 뒤로 마침내 비장한 냇물은 넘쳐 흘렀다 그렇게 가눌 수 없었던 세상의 노여움도 미움도 하나씩 깨물어 노을 어처구니 없이 붉을 때 등뼈 휘어진 우리의 가난은 넘쳐 흘러 어디로 이르는가

그러나 아직도 남은 길 우리 걸어온 길만큼 아득히 멀지라

도 들판 적시며 흐르던 큰물이 어디서든 만나야 할 곳에서 만
나듯 지금 우리가 헤어져 가는 길도 언젠가 꼭 다시 만나야
할 곳 가난이 부끄럽지 않은 세상에서 만나게 될 것임을 믿는
다 오늘은 부끄러운 햇살이여

　햇살이여

적막강산

길이란 길은 모조리 끊겨
총총 빛나는 슬픔이 되고
텅 빈 세상을 위하여 별들이 나옵니다
놀러나온 밤새들도 목소리 죽이는 이 시간

쉬잇,

대밭 아래 누군가 갑자기 넘어지는 소리
푸른 어둠을 흔들어 바람을 깨우니
휘어지는 대나무 고요한 풍경이
수런대며 빗장을 엽니다

한 번도 보여주지 않았다지요
저 숲 강퍅한 나무들
한 번도 슬픔인 줄 몰랐다지요
저 사내 웅크린 어깨
어둠이 깊어 새벽이 오듯
꽉 차오른 세상도 마침내 텅 비게 마련인 걸
노여움도 분노도 마침내 기울어

슬픔이 되기 마련인 걸

한 사람의 웅크린 어깨를 위하여
숨 죽이는 적막강산

별과 길과 숲과 나무들의

두모리

지난 겨울 그 섬 이르는 길
발목 모조리 묶여 버리고
엎드려 누운 폐선 몇 척으로만 남았을 때
두모리 해진 문풍지를 바르던
마지막 여윈 손길도 떠났다

뿌리뽑혔으므로 더욱 고통스럽던 생애
가슴 둥둥 울리던 뱃고동
이제 영영 들을 수 없는데
실낱 같은 소식 실어오던 그 배 기다리다
세상 등졌어도 끝내 버릴 수 없었으리

뿌리뽑힌 삶 가난밖에 없던
고향이란 그 허망한 기약이란 다 무엇이더뇨
그래도 실낱 같은 섬소식 실어오던 뱃고동 기다려
사람들 가슴 매번 비워지고
더 이상 비워질 가슴 없어
마침내 타오르던 노여움 밝혀들고 이 바다 등졌다

허나 어찌 타오르고 꺼짐만이 꼭 사람의 일이랴
이 완강한 거부의 땅
그래도 정 붙이면 어디엔들 다시 뿌리내리지 못할까
다들 그렇게 세상 어두웠던 길을 헤쳐갔어도
살아 끝까지 고통스러웠던 궁핍한 목숨
손바닥 고이 펼 수 없었던 참담한 세월을
꽃길 가듯 떠나가고
미처 못다 거둔 뼈마디 살냄새 거두어 마신 뒤
척박한 땅 겨우 뿌리내린 저마다의 풀포기 잡고 뒤채며
울부짖을 뿐

길고 고통스러웠으되 이룬 것 없는 생애
한 줌 재로 바다에 흩뿌리며
섣부른 떠나옴과 달라
더욱 어두운 다시 돌아감의 길을 바라본다
이제 기약할 수 없는 후일의 만남을 생각한다

삼월 편지

그대 떠나고 다시 오지 않아 삼월의 이 마음 담아 보냅니다
지난 겨울 패랭이꽃과 개망초꽃 꽃씨 사이마다 몰래 묻어두었
던 그 서러웠던 이야기들을 얼쑤 불러세우고 이 들판 세찬 강
물에 발목을 담그고 귀 기울이면 들리지요

영차 어영차 꽃씨들이 땅 속으로 뿌리내리는 소리

수런수런 강물이 다가와 들풀의 어깨를 흔드는 소리

그 작은 소리들에도 부끄러운 이 마음은 이제 그리웁다는
토막 사연 하나밖에 기억하지 못합니다 아직도 추위는 등 뒤
에 있다지만 훈풍의 부드러운 손가락들로 이 그리움 다스려
주실 때까지 행여 그대 너무 멀리 있다 하시진 않겠지요 지금
무심히 바위 들출 적이면 노랗게 도사리고 앉은 햇살은 퉁겨
져 나와 개나리 여린 가지를 간지럽히고요 선생님 손 잡고 놀
러 나온 유치원 어린것들 그 고사리 주먹 하늘로 펴 올리게 만
드는 것만으로도 이미 그대 내 곁에 있음을 알 수 있는 지금

그래 지금 이 사연 흘러 닿아야 할 강구江口에서는 벌써 그대
의 긴 마음 갈대 여린 잎사귀들로 돋아나고 있다지요 이제 그
소식 강물에 실어 보내 주시지요 꽃무덤 위에서만 피어나 논
둑 밭고랑에 얼쑤 어영차 들뜬 쑥잎처럼 짙푸르게 자라난 삼
월의 이 마음 그대 기다려 푸른 불길로 들판을 온통 뒤덮어버

릴 작정인데요 그대 휘적휘적 걸어 오실 이 들판을 맨발로 달
려나갈 셈인데요

들판흔들기
 ―연인을 위한 소묘

아무런 말도 하지 않기
가을 들판의 깊어진 수심(愁心)을 따라 흘러가는 두 사람
들꽃 같다 허리 가늘어 휘청이는 들꽃 같다
노오란 꽃잎 모자
서로의 가슴에 못다지른 불꽃 놓기
타오르다 꺼지고 다시 타오르다 꺼지고
온통 위태로운 들판 위 그리움 이르는 길엔
두 사람이 흔들며 가는 침묵
끝내 아무런 이야기도 피어나지 않는다

가을 하늘, 고추잠자리

들판에 묻혀서도 이 목숨 다 버리지 못한다
저렇게 들판 끝나는 곳에서
무수히 떠밀려 오는 넋들아
숨져간 사람들의 붉고 가여운 넋들아
정말 해 떨어지고
들판도 길도 산도 보이지 않게 되면
그대들은 어디서 잠들지
앉아 쉴 마른 풀잎 하나 없는데

겨울 산행

우리는 뭉쳐서 눈을 맞는다
몇 날 며칠을 눈은 허기져 산발하고
건네줄 아무것도 남기지 못한 채
고스란히 몸져누운 죽음만이 곳곳마다 무성한데
고개 꺾여진 관목숲을 헤쳐 오르면서
왜일까 아래로만
동강난 허리 아래로만
우리는 억새풀 몇 무더기로 무너진다
무너져내리며 혼탁한 바람은
오늘처럼
우리 등피마다 파랗게 드러난 젊은 눈물과
기꺼이 야합하지만
우리들 무수히 무너짐이란
바람 오히려 어지러운 날의
낭자한 일어섬과 흐드러진 꽃핌을 위하여
그런그런 모습임을 알지 못한다
아, 그러나, 아무나 알지 못함을 위하여
아프게 가슴 비우는 우리는
12월의 중턱에서

시대의 돌아온 바람을 만나고
질긴 눈물 몇 줄기로 고여 있는
억새들의 과거와 현재를 만난다
스스로 찢어내리는 눈을 만난다
우리 덮혀 온 발자국과 앞으로
찍혀나갈 발자국까지도
그리고

폐광촌에서

　매번을 망설이고 돌아서면서도 끝내는 버릴 수 없었다 서른
몇 해 단련된 그리움을 깎아내어 얻어낸 확신 그 버릴 수 없는
사랑이 우리 만남의 전부였을 때 용서해다오 그대여 산다는
것 모든 일 이와 같고 오래 전 카바이드 따스한 불빛 일구어
떠나간 사람들 저 세상의 어둠 속으로 쉽사리 지워졌음을 알
았을 때 아직 들키지 않은 또 다른 그리움 하나 찾아내어 마
지막 웅크림으로 무너지지 않을 그리움의 집을 지었다 핏방울
이 지층 밑을 구르고 있었다 솔바람 한 자락에도 다정했던 네
속눈썹 그려붙이며 살아 있음이 한 줌 위안조차 될 수 없는
이 춥고 어두운 기다림의 끝에서 다시 또 부질없는 그리움으
로 손바닥 마주붙이고 마디마디 그리움에 질식되어 쓰러졌다
깨어나 고개 들고 보면 언제나 출구 막혀버린 기다림의 갱도^{坑道}
안이었다 단 한 번의 무너짐에도 뚝뚝 부러지던 관절처럼
우리들 사랑도 그와 같아서 늘 꺾이기 쉬운 자세로 버림받은
채 세상의 바람 부는 문 밖에서 여전히 울고 있는 것인지 오늘
도 바람은 양철 지붕 위를 가장 낮은 음계 되어 달려가고

1982년 2월, 장승포
　-바람에 관한 보고서

1. LOGIN MY RECOLLECTION
아버지의 주머니에서 3,000원을 훔쳐 버스를 탔다.
달리는 차창 밖으로 세상은 꿈꾸며 흘러가고 있었다.
아무리 꿈꾸어도 주어지지 않던 위안,
내게 주어질 짧은 평화를 위하여
세상 끝으로 가고 싶었던 것일까.
눈물 한 방울 흐르지 않았다.

2. INTO THE RECOLLECTION
　(1) 밤

　눈이 부시도록 흐린 하늘이었다. 며칠째 곡기 한 줌 머금지
못한 길은 바다 쪽으로 널브러지고, 게딱지 같은 지붕을 얹은
채 낡은 집들이 앓고 있었다. 관절을 앓던 길이 벼랑 앞에서
가까스로 걸음을 멈추고 쉬는 동안 아슬아슬하게 비탈을 버
티어 선 늙은 해송의 머리채를 붙들고 밤새도록 바람이 바람
에 나부끼고 있었다.

　지상의 모든 숨겨가는 불빛을 위해
　모닥불을 지피고 소주를 마셨다.

(2) 아침

아침이 되자 바다가 부챗살보다 야윈 햇살을 지상에 뿌려주고 있었다. 도래솔 너머에서 바람이 시작되고 있었다. 삽날처럼 바닥을 긁으면서 바람이 땅 끝에서 몰려오고, 뼈마디 허옇게 드러난 낡은 집들은 조금씩 바다 쪽으로 기울었다. 지붕 위의 햇살을 바스러뜨리며 바람이 지상의 생명을 바다 쪽으로 밀어내고 있었다.

폭풍이 오고 있었다.

(3) 오후

구멍 뚫린 양철 지붕 사이로 하늘이 엿가래처럼 휘어져내리고, 바다의 멱살을 끌고 해안 끝으로부터 폭풍이 왔다. 문짝 덜컹거리는 비닐 움막 안에서 사람들이 바다를 흘깃거리면서 화투를 치는 동안 유행가를 멈추고 라디오는 다급하게 폭풍 주의보를 경보했다. 푸르죽죽한 얼굴의 바다가 동네 안쪽까지 끌려 들어와 내동댕이쳐질 때 세 번째 경보가 있었고, 뺨에 칼자국이 난 사내가 화투짝을 내던지고 일어섰다. 흐린 하늘 아래로 공기처럼 둥글게 부풀어오른 머리카락이 사람들을 집으로 끌고 가고, 그런 날씨일수록 수평선이 가까이 보였다.

(4) 밤

밤새도록 바다가 뒤챘다.
먹살 잡혀 뭍으로 끌어올려진 바다는
온밤내 파도를 내안內岸으로 토해내고
파도에 갇혀 길들이 사라지고 있었다.
길가의 빈 집들은 빈혈을 일으키며 쓰러지고
불씨 하나 가슴에 품은 채
나는 잠들지 못했다.
갑자기 수평선이 투창처럼
가슴을 뚫고 들어오고 나는 쓰러졌다.

(5) 아침

아침이 피를 뿌리며 바다를 건너 오고 있었다. 밤새도록 뒤
채던 바다는 수평선을 데리고 멀찍이 물러나 자신의 의붓아
들인 해를 세상 속으로 버리고 있었다. 바다는 정확한 겨냥으
로 수평선을 날려 아비로부터 도망치려는 아들의 정수리를 꿰
뚫었다. 수평선을 매단 채 붉은 피톨들을 지상 위로 뿌려주며

해가 뭍으로 기어오르고 있었다. 밤새도록 바다에 붙들려 있던 길들과 길가의 집들, 지상의 모든 것이 관절을 다독이며 다시 일어서고 있었다.

나는 불씨를 꺼내 모닥불을 지폈다. 내가 할 수 있는 일은 그것이 전부였다.

3. LOGOUT MY RECOLLECTION

갑자기 길이 끝나는 곳에 바다가 있었다.
폭풍이 바다의 멱살을 끌고 들어와
지상의 모든 것을 날려보내고
사람들은 폭풍 속을 떠다니고 있었다.
내가 바다 쪽으로 다가서려 하자
바다가 날린 수평선이
나를 꿰뚫고 지나가고,
나는 쓰러졌다.
그때 내 나이 열일곱
나는 미친 듯 살고 싶었다.*

*러시아 시인 알렉산드르 블로끄의 시 제목

·················· 4부 (1989~1984)

조선현대사 학습

1987년, 겨울

기억나지 않는다 문 밖을 나서면 언제나 칼날 뽑아들고 우리를 기다리던 바람들뿐 무엇 하나 제대로 이룬 것 없었던 그해 겨울 우리는 어디에 있었는가 무엇을 하였는가 눈 녹아 질척대는 길을 어깨 걸며 걸어와 찍혔으나 돌아보면 금새 의미 없이 지워지던 우리 발자국들 부끄러웠다 부끄러움처럼 진눈깨비 흩날리는 겨울 연변을 서서 나무들은, 어, 어디에, 수, 숨었느냐, 숨어, 어, 어디에, 우, 웅크리고 있었느냐, 우리 가야 할 길 막아서며 흐느끼는데 부끄러운 머리칼을 잘라낼 듯 칼날 깎아 세운 바람은 모질게도 불어오고 그 바람 피해 우리는 또 어디로 가고 있었던가 굳이 기억하지 않아도 좋다 이룬 것 없어 가슴 자주 무너져내리던 그 겨울 그래서 쉬이 피곤하던 우리는 그 겨울의 중간쯤에서 각질로 말라붙은 그리움 한 등 피씩 떼어내고 불꽃 지피며 서로에게 결핍되었던 것 따스함을 커피 한 잔처럼 나누지 않았던가 등뼈 저며들던 바람을 다스리지 않았던가 우리가 피워올린 불꽃만 아니었다면 구원은 어디에도 존재하지 않던 1987년 겨울

유배지에서 보낸 유다의 편지
-봉숭아꽃

죽이고 싶도록 네가 보고 싶었다. 그 못난 그리움으로 인해 하루에도 몇 번씩 너를 죽이고 살려냈다. 오늘도 열 번을 죽었다 살아난 그대여. 수은과 카드뮴이 비처럼 내린다는 네 아름다운 도시에도 태양은 솟아오르고 꽃은 피는가. 미안하다. 다만 용서받지 못할 것은 풀 한 포기 자라지 않는 내 모진 가슴일 뿐……(여울 낮은 물흐름 소리로 흘러와 가슴마다 고여드는 어쩔 수 없는 그리움 때문만은 아니었는데) 그렇게 살아 있는 동안 너를 버리기 위해 봉숭아꽃을 심었다. 그러나 아무리 척박한 땅일지라도 언제나 꽃 한 송이 정도는 피우는 법. 무수히도 죽고 살아나 더욱 또렷한 네 얼굴 위로 비 그치고 달 떠오르면 봉숭아꽃 꺾고 모세혈관까지 터트려 긴 편지를 썼다. 밤새워 쓰고 지우고 또 지우고……하지만 네게로 가서 단 하나 명확한 의미로 꽂히는 것은 늘상 죽이고 싶도록 그립다는 마지막 한 마디. 그리고 내 목숨 다할 때까지 너 살아 있으라, 살아 있으라.

조선현대사 학습 1
　-달

간다 조국산천 떠도는 칼날 되어 내가 간다
땅까시 년출치다 제 명까지 못 이르고 말라죽는 땅
조선의 30년대를 부황든 감자밭 허기진 산길 모두 끌고
조국산천 떠도는 칼날 되어 내가 간다
지킬 것 목숨 하나 남은 모진 가난뿐
하여 슬픔의 산, 분노의 산 그러한 산들로 가슴 채운
사람들아 사람의 마을들아 그 마을마다
내 살갗 베어 더 큰 슬픔의 산그림자 드리우고
대나무 곧은 허리 위 창살 되어 쉬면서
조선의 칼날 되어 내가 간다
오늘밤 칼날 품은 여자들에게서 태어나
어깨살 튼튼한 사내로 자랄 식민지 아이들을 위해
내 살갗 발라내던 이 적개심은 고스란히 남겨두고서

조선현대사 학습 2
-겨울 삽화

소화 19년
어둑어둑 대동아공영기가 나부끼는 면사무소 골목을 돌아
등 굽힌 검정교복 하나가 황국 신민의 집으로 숨어듭니다
우리가 잘 아는 선인鮮人 야마다山田씨의 집입니다

오늘 같은 날 해는 빨리 떨어지고 야마다는 일찍 문단속을
합니다 밤새도록 청년의 목소리가 창을 두드립니다. 수상하게
도 바람은 내내 지붕 아래로만 불어대고 그 바람이 다 거두어
가지 못한 목소리가 봉창을 뚫고 겨울땅 위를 구릅니다

사범의 비밀결사가 놈들의 주목을 받고 있습니다
제1고보 쪽도 마찬가지
보안은 우리의 생명, 철의 규율과 혁명적 신의로 조직을 지켜
나가야만 할 것인 바

야마다씨가 가볍게 헛기침을 뱉어냅니다
바람이 불어옵니다 뒤꼍 대나무숲이 바람에 웁니다

반파시즘 형제 국가들의 연합전선이 날로 강화되는 지금 놈

들의 개로 끌려가 동포에게 총칼을 겨누느니 차라리 이 땅을
떠나 동지들이 무장으로 투쟁하고 있는 만주로 가겠습니다 나
찌 독일과 강도 일본의 패망은 당장의 일, 조선 독립의 새날은
점점 역사적 필연으로 다고오고 있습니다

  첫닭이 울고 새벽 네 시
  접혀진 50원을 건네받은 청년이 손을 내밀어 악수를 청합니
다
  야마다씨는 청년의 어깨를 포옹합니다
  청년이 떠난 후 마을길을 굽어보던 야마다씨는
  문득 깃발 내려진 깃대가
  죽창이 되어 어둠 속에 서 있는 것을 보았습니다

조선현대사 학습 3
-동천강

그를 만나기 위해 우리는 숲으로 간다
누구도 가르쳐 주지 않던 조선현대사 한 페이지
그 공란을 메꾸기 위해 우리는 대나무숲으로 간다

그러나 숲은 가르쳐 주지 않는다

젊어서는 3년 간 내지 유학을 다녀오고
한때 산청농림학교 교원을 지내기도 했지만
낮에도 밤에도 다만 그는 남루한 식민지인
요주의 불령선인

아무도 만나주지 않는다
거두어 주지 않는 억울한 육신을 짐짝처럼 부리던
그를 만나서도
이 사람 어서 오시게 와서 따순 밥 한 끼 드시게
아무도 말하지 않는다

그리고 그 무엇도 허락되지 않는다
몽매한 신민들에게 주의주장을 선동하고

징용을 거부케 한 죄로
치안유지법
다리뼈가 부서지고 온몸이 다스려진 그에게
조국은 한 뼘의 땅도 허락하지 못한다
불구가 되어 징역을 살고 와서도
사상범예방구금령
열흘에 꼭 한 번은 읍내 형사의 방문을 받던 그에게
불행하게도 경상도 땅은 한 줌의 흙도 허락하지 않는다

그 해 강물이 흐르지 않아도 그건 참을 만했다
해가 산에서 떠오르고 다시 산으로 지는 산마을
썩어 흐르지 못하는 것은 강물만이 아니었으므로
못난 조국의 역사만이 아니었으므로

그렇게 누구도 가르쳐 주지 않던 서러운 조선현대사를 위해
어제도 오늘도 우리는 숲으로 간다
하지만 빈 숲이어서 그를 만나지 못하는 경우
우리의 허탈한 귀로는 언제나 엉뚱한 곳에서 그를 확인한다

공회당 담벼락에 불온한 낙서를 몰래 내걸고 있는 그
어둠 내리는 수수밭 어귀에 앉아
소리 죽여 인터내셔널가를 부르고 있는 그
늘티고개 상여집 처마 밑에서 수상한 책자를 뒤적이고 있는 그

그런 밤이면 어김없이 우리는 꿈속에서 그를 만난다
우리의 뒤숭숭한 잠 속을 걸어 들어와
잇몸 벌겋게 드러난 적빈赤貧의 땅을 떼어 들고
새벽으로 길 내고 사라지던 그를
쓰러질 듯 그 불안한 걸음걸이를 만난다

머물되 머무를 수 없는 강물처럼
허락되지 않는 그의 안식

아직도 끝나지 않은 조선현대사 한 페이지

조선현대사 학습 4
 -낙화

경상남도 고성 모래논[沙畓]골
주태백이 김주사 얼콰한 낮술 콧노래에
그 딸년 한목숨
꽃나리고 있네 흐드득 지고 있네
인도지나 반도 갈밭 사이로
보국동원 나간 순녀
피묻은 속살처럼
서러운 조선현대사 흐느끼며 지고 있네
소나기 긋는 대동아전쟁 4년
정신대

조선현대사 학습 5
-내력

모질게 바람 부는 날
행여 들판에 나서거든
풀잎 하나라도 허투루 꺾지 말아라
잘 깎아세운 창살에 목숨 걸었다가
총검에 죽어간 네 아버지의 아버지
해마다 6월이면 들판
이리도 지천으로 피었지 않느냐
날마다 함성으로 흔들리고 있지 않느냐

조선현대사 학습 6
-하이 쏘오

인동 장씨 입고성 12대 종가 장첨지
독남 두어 맨날 조심스러웠지요
면서기 가네다[金田]상만 보아도
주재소 긴 칼만 보아도
하이 하이 쏘오데스네 쏘오데스
인사 건네기 바빴지요
하이 쏘오 장첨지
선현께 빌고 빌어 오십 청춘에 겨우 얻은
개망나니 3대 독자
쑥쑥 자라 고구마 넝쿨처럼
손자들 매달기 바랐지요
그저 탈없는 황국 신민
충용한 신민이 되어
세상에 묻히기 바랐지요
장첨지 석뫼[三山] 다리 건너다
맞아 죽은 8월이 오기 전까지

江에서

피 돋는 증오로도 이 그리움 다 지울 수 없다
날마다 무릎 꺾인 채 흙벽에 바람집을 만들고
허랑한 사랑으로 강안江岸 풀섶마다 쓰러질 때
저 강물은 누구를 위해 출렁이는 것인가
누구의 절망으로 뒤척이며 흘러가는 것인가
그대가 울며 왔던 이 자리
허튼 삶의 맹세로 와서 빈 자리만 만들고 가는
이 허망한 사랑을 다 지울 수 없다
오늘도 내 발 밑으로 와서
거름으로 썩는 저 무량한 강물을
그 피 돋는 사랑을

침묵에 관하여

함부로 발설할 수 없었다 저 유언비어의 시대
우리의 멱살을 잡아채기 위해
수시로 집앞 골목길을 출몰하던 수상한 눈들
머리끝까지 차오른 취기 속에서도 택시 안에서도
칼끝 눈초리를 번득여야 했던 우리
가슴에 바람이 터널을 만들던 숱한 밤들
사시의 눈동자 불안하게 감추며
단단한 침묵이 오히려 수다스러운 그 어둠의 시대를
가로질러 왔다

가끔은 수상한 책 몇 권을 품고 돌아와
밤새 뒤척이다 생각의 무게에 짓눌려 휘청이던 우리

어둠이 무엇 때문에 어둠인지
침묵은 또 무엇 때문에 침묵인지
그저 어둠은 밝음으로 인해 침묵은 외침으로 인해
제대로 의미있다는 것을 알았지만
우리는 적당한 타성으로 침묵하기를 좋아했고
그 타성의 습관으로 세상의 지붕에는

끊임없이 바람이 불었다

생각의 언덕 아래 낮은 엎드림으로
요란한 바람을 비껴 누운 밤이면
우리는 밤잠을 설치며 뒤척이고
끝내 생각의 골목 마지막에서 만나게 되는 침묵
그 의미

미처 챙겨읽지 못한 날짜 지난 신문이 던져주는 갑작스런 새
로움으로
다시 확인하게 되는 세상은
그래서 때로는 어처구니없는 것일 수도 있어

당신이 우리를 떠난 뒤
무성한 침묵을 침묵이게끔 하고 있는 것이
세상에 대한 우리의 관대함이 아니라
우리 자신의 비겁임을 알았을 때
절망은 쉽게 우리를 벗하고 다정히 결별하기도 하는데
그 결별의 끈을 놓지 못하는 우리는

떠나간 당신보다도 더욱 쓸쓸한 모습이다

당신은 떠나감으로 우리는 이렇게 남겨짐으로 침묵하고
그 침묵의 무게만큼 싸락싸락 눈이 내린다
모두들 묵묵히 침묵을 흔들며 돌아가는 귀가길에는
늦은 눈발이 발목을 휘어채고
그 의미조차 새겨보지 못한 채
우리는 눈발 속에서 굳어가고 있었다

남포에서

나는 본다 수상하게 설레는 밤바다
자신의 살을 발라내며
목울대 깊숙하도록 신음 모두 숨긴 채
해안을 갉아대는 저 물결들
이제 이 세상의 끝인 밤바다
잉태란 사랑의 결과가 아니라
오히려 분노의 결과인 것을
참담한 부서짐의 결과인 것을
이빨을 앙다물고 달려 와
뼈마디 하나 없이 부서지며
부서짐 속에서 다시 태어나는 저 물결들은
무엇을 버리고 무엇을 얻어 돌아가는지
그림처럼 떠돌던 발동선 몇 척
밭은 목소리로 이른 출항을 서두를 때
나는 본다 이 세상을 무너뜨리기 위해
내 속에서 무엇이 죽어나가고
무엇이 다시 태어나는지
날마다 내 속의 비겁을 갉아대던
그 물결의 정체를

성년수첩

1. 미궁迷宮

벽을 쌓는다 하루종일 벌목장에서 갓 들여온 시간을 자르고 다듬으며 우리는 햇살보다 튼튼한 욕망의 기둥을 세우고 바람 부대끼는 자정正午의 지붕을 덮어올리고 수없이 분주하다 간 허물어진 벽 사이로 공복의 바람이 불어올 때 해시계처럼 가을 일몰日沒 속으로 쓰러져 간다 밤이면 돌아갈 배경背景 없는 우리의 풀어진 육체는 도시의 모퉁이에서 아라비아 젊은 왕의 죄많은 유언으로 잠들지 못하고 헛헛한 식욕을 움켜잡는 녹슨 두 팔만 쉬이 부러진다 그런 밤이면 부러져도 오히려 쉽게 다시 자라나는 우리의 성실한 두 팔은 철근보다 육중한 생애 몇 짐을 안고 돌아와 밤새도록 뒤척인다 매일 잠들지 못하는 꿈으로

2. 우리들의 법전法典
-우리 사랑은 금속성

매끄럽지도 않고 꺾어지지 않는 미성년未成年의 멍청한
그리움이 나팔꽃처럼 열려 바람 속으로 먼먼 시대의
이야기를 뿌려대던
어느 날의 열여섯 시

이야기하는 바람의 숲에서 찾아낸 우리들만의 법전法典

율법律法의 빛나는 마을에선
바람의 단조로운 사설들이 언어의 덫에 발목 잡히고
변성기의 목쉰 아픔으로 더러는 풀려나와
우리 삶의 벽에 갈대보다 높은 이상理想으로
흐느끼지, 흐느끼고 있지

3. 해바라기
그러나 잉태는 또 그런그런 죽음이라
하루에서 다시 하루까지
너의 뒷모습인 미성년未成年의 단절된 시간들이
둥근 타종소리로 흩어지며 성년의 가슴에 잉태를
심어놓고 간 뒤
한 무리의 해진 햇살을 따라
한없이 자라나며 웅성대는 해바라기의
전언
- 아 - 직 - 은 - 햇 - 살 - 없 - 음

한밤중에는 혼곤한 잠의 근처로 오히려 잠들지 못하는
가난이 파수를 선다. 잠의 은빛 비늘이 갑자기
퍼득이고 부시시 일어서는 우리의 눈먼 생활
동구 가까이 젖은 보행으로 접근하여
어둠 속에서 우리의 가난을 넘겨 보던 해바라기
그 놈의 긴 생애를 잘랐다

-왜 쓰러지는가 그리고 왜 일어서는가 해바라기는

4. 회색도시
내 전생前生을 내리다 만 폭우가 계속되고 있다

우리가 갖지 못하는 내부의 힘찬 자유, 진실로
다정히 걸어가고자 했던 부재의 장소에서
바라보는 도시의 깊은 뿌리
그 두터운 등피 위로
뜨겁게 갈구하던 폭우가
내 허위의 속을 갉아대고, 끈끈히
피 흐르는 두 다리를 움직여 전진하는

고질적 반복을, 우리 다혈질의 젊음을 다스리면
더욱 더 맑아오는 속쓰림의 스무 살은
밤 열한 시
그 텅 빈 빗방울들의 거대한 내부에서
끊임없이 꿈꾼다
아, 확인하면 할수록 보다 깊게 확인되는 어둠

5. 장마 일기

사흘 밤낮의 지친 늦장마가 마지막 한 방울의 혈액마저 빗소리로 우리 깊은 밤 그 모세혈관까지 어김없이 비워내고는 방 두 칸의 체적 속으로 고대의 전설처럼 넘쳐올 때 우리의 시간을 쏠고 있던 어둠의 쥐 한 마리,

예정된 위험으로 다가오고 있었다

6. 아침은

일어서야 할 것들 모두 일어서고
아침을 준비하는 누군가가
어두운 하늘을 향해

날려 보낸 무의미의 잠

잠의 내부로만 향하는 끈질긴 응시처럼

두터운 손바닥으로 부여잡는

확신의 질긴 숨결을, 수많은 구원의 손들이 흔들어대는

때묻은 일과를 쓸쓸히 가을 일기^{日氣} 속으로 묻어두고

천천히 흘러 그러나 커다랗게 훌륭해질 강심^{江深}을

돌아오는 물바람의 아침은

말없음법^法 또는 쓰러짐^法으로 연습하는 대지 위로

햇살은 가득 무너져 내려도 좋아,

이제

밤 辭說

I

도대체 무엇을 알고 있다는 것일까, 우리들은. 거짓 가득한
세상, 신화神話가 떠나버린 텅 빈 이 잿빛 가면의 도시에서

가진 것 없는 자들의 풍요로운 대지 위로 밤새도록 이국異國
의 낯선 산성비가 내리고 우리는 바라본다. 우리 서성대는 불
투명의 시계視界 속으로 한 사내의 허기진 꿈이 부유하고

저 먼 삶의 기슭에서 불안의 주파수를 던져오는 그 때

까닭없는 연민으로 우리가 마주했을 때 내 알몸의 지식 곳
곳마다 진한 생채기 되어 박혀오던 그대 은밀한 집중, 수많은
언어들로 토막난 내 스무 살의 생애처럼 그대의 긴 품으로 휘
어져내리던 고통의 쓸쓸한 편린들,

속살을 드러낸 채 밤안개가 버릇없이 우리의 창을 기웃거리
고 있으므로

확인을 위한 새벽

한 시

II

저 풍경의 끝에서 바람의 풀씨로 풀풀거리며 일어서는 그대
비바람 속으로 잠행하다 내 기억의 강안江岸으로 쓰러져 부활

을 꿈꿀 때 다시 갑자기

　강이 흐른다 무엇인가, 가늠할 수 없어 아름다운 시간의 깊이로 출렁이며 이 침묵의 도시를 덮어오는 간밤의 적조赤潮는 지금 움트는 모반의 기류인가.

　우리들의 눈물이 젊어서 이제 예언의 소금가루로 사라지면

　인식認識의 끝으로 우리 삶의 삼등열차가 밀려들고 돌아갈 배경 없이 한 사내의 꿈이 하차하는 걸 보았다. 처음 어둠 속에서 빛나기 시작한 우리 은밀한 눈동자는

　눈 뜨는 욕망의 그 때

　흔들림을 위한 새벽

　세 시

시지프스의 운명을 위하여
-장영 시인의 시집에 부쳐

오래 전부터 알고 지내던 시인 장영이 시집을 낸다고 한다. 지난 세기를 마감하기 직전 그는 한 권의 시집을 상재한 바 있었는데, 정작 주변에서는 이 사실을 아는 이들이 많지는 않았던 것 같다. 듣자 하니 이번 시집은 그의 첫 시집에서 몇 편을 빼고 약간의 미발표작을 추가한 것이라 한다. 그래서 이번 시집은 아마도 첫 시집의 개정판 정도가 되는 듯하다.

지속적으로 문학의 위기가 운위되고 있는 오늘 장영의 시집 소식을 듣고 시를 쓴다는 행위가 어떤 의미를 갖는지 자문(自問)해 본다. 지난 시기 시는 시가 삶과 현실에 대체 무슨 소용이 있겠느냐는 비판에 줄곧 시달려 왔다. 이 질문은 지금도 여전히 가능한 질문이며, 과거에도 그랬듯 시를 쓰는 이들은 이에 대해 속시원한 답변을 제출하지 못하고 있다. 따지고 보면 이 질문은 우리가 맞닥뜨린 문학의 위기를 어떻게 타개해 나갈 것인지 그 대안의 도출을 요구하는 것과 다름 아니며, 좀 더 근본적으로는 21세기 문학의 역할에 대한 비판적 점검을 요청하는 것이기도 하다.

이러한 질문과 맞닥뜨려 나는 김수영의 시 무용론을 떠올려 본다. 김수영은 '시의 뉴 프런티어'에서 다음과 같이 썼다.

시 무용론은 시인의 최고 혐오인 동시에 최고의 목표이기도 한 것이다. 그러나 진지한 시인은 언제나 이 양극의 마찰 사이에 몸을 놓고 균형을 취하려고 애를 쓴다. 여기에 정치가에게 허용되지 않은 시인의 모럴과 프라이드가 있다. 그가 사랑하는 것은 '불가능'이다.

김수영의 이 말을 떠올리노라면 온몸이 오싹해진다. 양심과 혁명의 시인으로서 결코 세상과 화해할 수 없었던 존재이자 천성적 자유인이었던 김수영의 이 말은 오늘날 시인의 역할에 대한 시사점을 던져 준다. 그는, 이 인용문에 이어 '진정한 시인이란 선천적인 혁명가'라고 썼다. 김수영에 따르면, 시인에게 시란 혁명의 동어반복이었다. 따라서 시를 쓴다, 라는 문장을 '혁명을 한다'라는 문장 위에 겹쳐 읽어도 그 의미는 결국 동일한 것이었다. 이런 점에서 시인은 정말로 혁명가인 셈이다. 그러나 또 김수영은 시 무용론이야말로 시인의 최고 혐오이자 최고의 목표라 했다. 이 형용 모순을 위해서 그는 시를 썼는데, 이 점은 그의 시대가 안고 있는 비극이며, 우리 시대가 아직도 안고 있는 비극이다. 왜냐하면 시 무용론은 여전히 우리 시대의 유효한 목표로 남아 있기 때문이다. 오늘날 삶과 시대의 불화는 여전하며, 그 사이에 가로놓인 간극 또한 여전하다. 최소한의 진지함을 갖춘 시인이라면 이 메꾸어질 수 없는 간극을 의식하지 않을 수 없다.

시 무용론이야말로 시인의 최고 혐오이자 최고의 목표라는 명제에는 시가 본질적으로 '타자 지향'일 수밖에 없다는 인식이 전제되어 있다. 시가 필요없는 사회란 삶과 시대, 개인과 공동체의 운명이 일치하는 사회를 의미한다. 이 운명 공동체에서라면 삶과 현실, 개인과 사회 사이에 간극과 긴장이란 존재하지 않으므로 더 이상 시를 쓰지 않아도 좋을 것이다. 만약 이런 시대가 온다면, 그것은 저 아득한 문화적 시원(始源) 상태로의 회귀가 될 것이며, 또 다른 호머 시대의 도래가 될 것이다. 그러나 앞으로 이러한 세계가 우리 앞에 펼쳐질 리 없으니 이것은 불가능한 꿈이다. 이런 점에서, 시인이란 불가능을 사랑하는 사람이다. 김수영에 의하면, 시인의 일 말고도 세상에는 불가능한 것이 두 가지 더 있다. 바로 연애와 정치이다. 왜 연애와 정치가 시를 쓰는 일처럼 불가능의 영역에 속하는 것인지 정확히 알기란 어려운 일이나 발언의 진의를 유추해 보자면, 시작(詩作)과 연애와 정치는 명백하게 '타자 지향'이라는 공통점을 갖는데, 바로 이 '타자성(他者性)' 때문에 그런 것은 아닐까? 연애나 정치는 담백하게 말해 자신을 타자와 일치시키는, 혹은 타자를 자신에게 동화시키는 작업이고, 이 일치와 동화야말로 불가능한 목표일 수밖에 없기 때문이다.

연애의 불가능성은 장영의 시에서, '내가 부재 중인 곳에서 우유 거품과 거짓말을 섞으며 커피를 마시는 애인'(연가戀歌)이나, '나의 이기주의를 위해 손톱만큼의 노력도 않으리라 약속하는 당신의 이기주의'(당신의 이기주의)로 나타난다. 또 때로는 '그녀와 나의 어긋난 발성법'(바보 노래, 그 못다부른 연가를 위하여)으로 나타나기도 한다. 장영의 시집에는 대체로 어긋난 관계성의 절망과 좌절을 노래한 연시(戀詩)가 많은데, 그래서 이 시들은 합일할 수 없는 대상에 대한 엘레지가 된다. 그리고 이 시집에서 연애에 관한 시편들 말고도 지나칠 수 없는 것은 삶과 시대의 불화를 다루고 있는 시들이다. 일제강점기를 시대적 배경으로 하는 '조선현대사 학습' 연작이나 강퍅한 80년대를 제재로 한 시들이 그러한데, 이 시들은 압도적인 현실의 규정력에 짓눌린 개인의 이지러진 삶을 관찰자적 시선을 통해 담담하게 진술한다. 이를테면, '침묵에 관하여' 같은 경우 현실과 항상적인 긴장 관계 속에서 독재와 야만의 시대를 견뎌야 했던 소시민의 일상과 그 내면 풍경을 잘 보여 주고 있다.

현실은 불합리한 전체성이며, 이 불합리한 전체성과 대결해 시인은 자신과 현실 사이에 가로놓인 간극을 제거하려 한다. 따라서, 대상에 대한 정서적 환기와 주관적 교감을 본질로 하는 시는 양자 사이의 간극을 메꾸기 위한 적극적인 발언이 된다. 이런 점에서 시란, 현실을 매개로 한 타자 지향의 소통 행위인 셈이다. 이같은 소통 행위의 최종적이며 궁극적인 목표는 시가 필요 없는 사회의 도래가 될 텐데, 이 불가능한 목표로 인해 시인은 시지프스의 운명을 부여받은 존재이다. 하지만 자신에게 주어진 운명이 불가능을 향한 도전이라 할지라도 시인은 이 운명과 맞서 싸워야만 한다. 김수영이 말한 시인만의 모럴과 프라이드는 바로 여기에서 비롯되는 것이다. 오늘날 대부분의 시인들은 이 불가능의 운명 앞에 굴복해 버리고 만다. 자족적인 내면성과 주관적 서정의 세계로 침잠해 들어가거나, 불가해한 형식 실험과 난수표 같은 언어들의 유희 속으로 빠져들고 있기 때문이다. 이제 현대시는 그 내면성으로부터 깨어나 타인을 향해 언어의 문을 열어야만 한다.

대상에 대한 객관적이며 간접적인 접근을 허용하지 않는 시의 장르적 속성상 시에서는 전적으로 주관적이며 직접적인 진술만이 가능하다. 그리하여 다른 누구보다 치열하게 시인은 자신만의 언어로 현실과 부딪칠 수밖에 없다. 하지만 안타까운 사실은 이 부딪침은 필연적으로 존재의 파열을 가져오게 된다는 점이다. 그러나 역설적이게도 시인에게는 존재의 파열에서 발생하는 긴장과 균열이 시를 가능하게 하는 힘이 된다. 이 힘은 장영의 시에서 때로는 일정한 결함으로 작용하기도 하는데, 그의 초기시 일부가 그렇다. 이를테면 '강'에서, '누이를 위하여' 등의 시에서 나타나듯 시적 대상으로의 과몰입과 그에 따른 주정적 토로의 진술 방식, 과잉 감정의 거친 호흡 등이 그 예이다. 아마도 이는 현실의 규정력에 시인이 일방적으로 지배당한 결과이리라. 이러한 결함들이 어느 정도 가시고, 장영이 최근 일관되게 천착하고 있는 근대주의 해체에 대한 고민의 단초를 보여 주는 시가 바로 '당신의 이기주의'이다.

이 시에서 '근대주의의 표상으로서 아비'가 처음 등장하며, 아마도 시인 자신일지도 모를 화자에 의해 아비는 증오의 대상이자 거부의 대상으로 모습을 드러낸다. 이후 장영의 시에서 근대주의의 해체와 그 변형으로서 아비 살해 모티프는 핵심적인 시적 기획이 된다.

시는 현실을 향한 발언이며 존재의 치열한 추구이다. 장영의 시들은 근대라는 계몽주의적 미몽을 거부하고, 그 허구적 신화를 허물기 위해 노력한다. 워낙 과작이라 첫 시집 이후 작품들이 충분히 쌓이지 않아 단정적으로 말하긴 어려우나 모순 어법과 아이러니를 시적 특징으로 하는 그의 근작시들은 그래서 근대주의에 대한 안티 테제가 된다. 근대 이후를 살아가는 시인이 시의 존재 의의를 추궁하는 질문에 김수영식의 시 무용론을 기꺼이 수용하고 시지프스의 불가능한 임무를 받아들이는 방식으로 답하는 것은 놀라운 일이다. 개인을 왜곡하고 파편화시키는 불합리한 현실에 맞서 시로써 그 모순을 드러내고자 하는 장영의 시적 기획이 모쪼록 성과를 거둘 수 있기를 바란다. 다만, 이 작업의 유효성을 판단하는 것은 독자의 몫으로 남겨 두려 한다.

— 박찬호(시인, 전 시인정신 편집장)